L'ENNEMI SANS VISAGE

Les auteurs

Il y a un peu plus de vingt ans, **Geneviève Lecourtier** et **Christine Féret-Fleury** rêvaient toutes les deux d'écrire et de vivre entourées de chevaux. Depuis, Geneviève a créé son centre équestre en Provence, et Christine, après avoir travaillé dans l'édition, est devenue écrivain. Mais il leur restait un rêve à réaliser : elles ont donc décidé de conjuguer leurs talents pour faire partager aux jeunes lecteurs leur passion commune pour l'équitation.

Des mêmes auteurs dans la collection Toi + Moi :

– *L'été de Charlotte*

Vous aimez les livres de la série

En Selle!

Écrivez-nous
pour nous faire partager votre enthousiasme :
Pocket Jeunesse, 12 avenue d'Italie, 75013 Paris
Visitez notre site :
www.en-selle.com/livres.htm

Christine Féret-Fleury
Geneviève Lecourtier

En Selle!

L'ennemi sans visage

POCKET
jeunesse

Loi n° 49 956 du 16 juillet 1949 sur les publications destinées
à la jeunesse : novembre 2006.

ISBN : 978-2-266-14666-1

Pour Sylvie et René

1

Après une longue pause à Vierzon, le train est reparti dans un grincement de ferrailles exténuées. C'était une antique Micheline qui semblait sortir d'un film des années soixante, avec ses hautes banquettes recouvertes de Skaï beige et ses filets à bagages qui oscillaient au rythme des cahots. Un vrai train fantôme ! J'étais seule dans le wagon et, sans les passages réguliers du contrôleur, j'aurais pu me croire dans une autre dimension – un autre temps.

Au-dehors, la nuit était très noire ; des gouttes de pluie zébraient la vitre. Avec un frisson, je me suis recroquevillée sur mon siège. Le matin même, quand ma mère m'avait conduite à la gare de Marseille, le soleil brillait et la température atteignait déjà 25 °C. Après deux changements de train et de longues heures de voyage, l'été avait pris un visage bien morose !

« J'aurais peut-être dû emporter des pulls et une doudoune... Je ne savais pas qu'il ferait si froid ici. Est-ce que ça va être tout le temps comme ça ? Drôles de vacances ! »

J'ai collé mon nez à la vitre, mais je ne voyais rien, sauf quelques lumières éparses et une masse d'arbres dont les cimes semblaient toucher le ciel.

« Au moins, je vais passer du temps avec Philippe. »

Cette pensée m'a réconfortée. Mon père avait enfin trouvé l'endroit dont il rêvait pour installer sa ferme équestre. « Tu verras, m'avait-il dit au téléphone, c'est très beau. Une grande maison, deux étangs, des prés, des bois... Tu vas adorer, j'en suis sûr. En revanche il y a du boulot pour tout aménager ! Tu ne veux pas venir m'aider pendant les grandes vacances ? »

Le train ralentissait. J'ai jeté un coup d'œil par la fenêtre : une gare minuscule, un seul panneau : Sainte-Montaine-des-Bois. J'étais presque arrivée. Un mois entier en Sologne, avec mon père, cet « étranger »... Jusqu'à présent, je ne l'avais vu qu'à l'occasion de courts week-ends. Il m'avait aussi emmenée une semaine au ski l'hiver précédent. Mais là, nous allions vraiment pouvoir faire connaissance[1]. Je me sentais intimidée, un peu comme si j'allais passer un examen : et si je ne m'entendais pas avec lui ? Je ne savais même pas s'il vivait seul ou s'il avait une petite amie. Ni quel genre de musique il écoutait. Est-ce qu'il prenait du thé ou du café le matin au petit déjeuner ? Préférait-il les films d'action ou les comédies romantiques ? Aimerait-il la cuisine vietnamienne que ma mère et ma tante Nathalie m'avaient appris à préparer ? Regardait-il la télévision le soir ? On est censé connaître tous ces détails-là, à propos de ses parents. Leurs manies, leurs habitudes, leurs petits défauts. C'est parfois agaçant, mais au fond rassurant. Un monde familier.

1. Voir En Selle ! t. 4, *Tempête sur le club*.

Moi, je plongeais dans l'inconnu. Un inconnu qui avait un visage, un nom : Philippe. Pour moi, il était Philippe, point. Papa, c'est un mot qu'il faut apprendre à dire quand on est enfant, et je n'en avais jamais eu l'occasion.

Le haut-parleur s'est mis à grésiller : « Dans quelques instants, La Brenne, une minute d'arrêt. » Je me suis levée d'un bond. Pas question de rater la station ! Avec fébrilité, j'ai rassemblé mes affaires : ma valise, mon sac à dos, mes bottes d'équitation, mon blouson... le livre que je n'avais pu finir, car j'étais trop énervée... le magazine acheté à la gare... Ah ! Le plus important : le carton contenant le cadeau que je destinais à Philippe. Je l'avais fait moi-même, et j'espérais qu'il lui plairait.

— Si j'avais une famille *normale*, ai-je bougonné, je ne me poserais même pas la question.

Un nouveau grincement – nous arrivions à quai. Chargée comme une mule, j'ai gagné la porte du wagon.

— Attendez, jeune fille, je vais vous aider.

Je me suis retournée : un homme se tenait derrière moi, vêtu d'une veste de chasse couleur chamois et coiffé d'une casquette en tweed. Il avait de grosses moustaches grises et d'épais sourcils qui lui donnaient un air féroce.

— Je ne vous ai pas fait peur, au moins ? a-t-il ajouté d'une voix bourrue. Ces fichues portes sont dures à ouvrir. On parle toujours de remplacer les rames... et rien ne se passe. Personne ne s'intéresse à notre petit trou de province. Tant mieux, au fond : ici, on n'aime pas trop la nouveauté. Attendez : donnez-moi votre carton, je vous le passerai quand vous serez sur le quai.

— Merci, ai-je balbutié.

— De rien. Vous êtes bien jeune pour voyager seule ! Quelqu'un vient vous chercher ?

— Oui, mon, euh... mon père. Il devrait être là.

— Vous êtes en vacances ? Vos parents aussi ?

Je commençais à penser qu'il posait beaucoup de questions.

— Non, ai-je répondu d'un ton bref. Mon père habite ici. Merci beaucoup, monsieur.

Il a froncé les sourcils.

— Il habite ici ? Je connais tout le monde dans la région, et...

À cet instant, une voix m'a hélée.

— Alix ! Je suis là !

Un camion bleu, orné d'une pancarte « Attention chevaux », venait de s'arrêter de l'autre côté de la barrière. Par la portière ouverte, Philippe me faisait de grands signes du bras.

— Je n'ai pas de place pour me garer ! Dépêche-toi !

En hâte, j'ai récupéré mon carton.

— C'est votre père ? a demandé l'homme aux moustaches. Mais alors...

— Oui. Au revoir, monsieur.

Il a touché le bord de sa casquette en grommelant :

— Ça, on se reverra... c'est sûr.

Dans le faisceau des phares, les gouttes de pluie dansaient. Nous roulions sur une petite route qui traversait la forêt.

— La maison est un peu plus loin, sur la droite, a indiqué Philippe. C'est un ancien pavillon de chasse qui a été agrandi au fil des générations. Complètement biscornu, mais j'aime ça. Pour l'instant, je n'ai aménagé que deux pièces au rez-de-chaussée : une chambre où tu dormiras, et une pièce à tout faire, cuisine, chambre, salle à manger, salon, atelier, et même parfois clinique vétérinaire !

— Tu soignes des animaux ?

— La semaine dernière, j'ai trouvé un renard blessé dans la forêt. Il avait été touché par une décharge de plombs. Un chasseur, je suppose. J'ai eu un mal fou à nettoyer la plaie ; il a fallu lui faire une piqûre pour l'endormir. Heureusement, j'ai toujours dans ma pharmacie un calmant pour les chevaux. J'avais peur d'avoir mal calculé la dose, mais il a très bien résisté.

— Et tu l'as gardé ?

Il a fait une petite grimace.

— C'est là que le bât blesse. En principe, les renards sont considérés comme des animaux nuisibles, on n'a donc pas le droit de les relâcher en pleine nature.

— Il faut faire quoi, alors ?

— Les euthanasier. Les tuer, en clair.

— C'est horrible !

— Oui.

J'ai tourné la tête vers lui. Je ne voyais que son profil. Son regard était rivé sur la route. J'ai eu un frisson.

— Tu... tu n'as pas...

Il a ri.

— Bien sûr que non ! Je l'ai relâché. Le problème, c'est qu'un de mes voisins m'a vu. Ils ne peuvent pas sentir les renards, par ici. Il est allé droit à la gendarmerie pour me dénoncer.

Je tombais en plein roman policier !

— J'ai juré que je venais de trouver l'animal et qu'il m'avait échappé, a-t-il continué. J'ai joué les Parisiens naïfs : ça marche à tous les coups. Mais je crains que cet épisode ne complique encore plus mes relations avec le voisinage. Déjà que...

— Quoi ?

— Oh, rien. Des incidents sans importance. Je te raconterai. Tu veux bien aller nous ouvrir ?

Le camion venait de s'arrêter devant une barrière de bois vétuste. J'ai sauté à terre : une bouffée d'air humide m'a caressé le visage. Odeurs de terre, de mousse, de champignons... J'ai repoussé les battants. Au-delà, c'était le noir complet.

— La maison est encore loin ? ai-je demandé une fois réinstallée sur mon siège.

— Non... regarde !

L'allée semée de gravillons s'infléchissait vers la droite avant de s'évaser en demilune ; j'ai deviné un perron de quelques marches, une porte vitrée renforcée de solides barreaux de fer forgé et surmontée d'un auvent couvert de tuiles.

Philippe a coupé le moteur et s'est tourné vers moi en souriant.

— Bienvenue à la maison, Alix !

2

Le soleil qui entrait à flots par la fenêtre ouverte m'a réveillée à sept heures du matin. Dans un arbre proche, un oiseau chantait à tue-tête.

« Un rouge-gorge, ai-je songé avant même d'avoir ouvert les yeux. (Luc, mon petit ami, est passionné d'ornithologie et m'a appris à reconnaître les chants des espèces les plus communes.) J'entends aussi des pinsons, plus loin... et une mésange bleue, on dirait ! Luc se plairait ici. Quel dommage que... »

Pour couper court à mes pensées, je me suis levée d'un bond. Luc suivait un cours d'été en Espagne pour rattraper une moyenne catastrophique en langues ; de là il se rendrait directement en Angleterre – même motif, même « punition ». Je ne le reverrais pas avant le 15 août. Bien sûr, on devait s'envoyer des mails, mais... ce n'était pas la même chose. Bon, de toute façon, il était inutile de se lamenter.

« J'écrirai ce soir », me suis-je promis.

La veille, je n'avais presque rien vu de la maison. Nous avions dîné dans une grande pièce sombre, à la lueur du feu qui flambait dans le poêle ouvert. « Zut, encore une coupure d'électricité, avait constaté Philippe. On est en bout de ligne, ça arrive souvent. Il faut que je le signale... Tu iras te coucher à la bougie, Alix. Très romantique, non ? »

J'avais appris au moins une chose sur mon père : ce n'était pas un grand cuisinier. Soupe en boîte, pâtes au beurre, fruits en conserve... « Pas mauvais, mais peut mieux faire », avais-je noté. Dès que possible, je me mettrais aux fourneaux. Orion, l'épagneul breton, avait dévoré les restes de notre repas. Il devait en avoir l'habitude car il suivait chaque bouchée que je portais à mes lèvres d'un œil plein de convoitise.

La chambre était petite, les murs tapissés d'un papier peint vieillot. Les boiseries avaient été repeintes récemment, si j'en croyais les nombreux coups de pinceau qui débordaient sur les fleurettes multicolores.

« Pas un grand bricoleur non plus, on dirait... mais plein de bonne volonté. »

Le parquet, décapé, était recouvert d'un tapis neuf. Un énorme lit en bois sculpté occupait presque tout l'espace ; une banquette était placée sous la fenêtre, et une petite armoire de bois blanc côtoyait deux chaises au dossier raide.

— Drôle de bric-à-brac, non ? a lancé Philippe de la cuisine. Les meubles étaient vendus avec la maison. J'ai récupéré ce qui pouvait m'être utile et donné le reste. On ira faire des courses ensemble, tu m'aideras à choisir ce qui manque... Tu veux visiter les autres pièces ? Je te préviens, c'est plein de poussière et de toiles d'araignée...

— Plus tard. Je préférerais voir les chevaux !

Un éclat de rire.

— Je te reconnais bien là ! Viens prendre

ton petit déjeuner : aussitôt après, nous irons faire le tour des pâtures.

Un quart d'heure plus tard, nous longions l'étang qui s'étendait devant la maison. Une petite île, en son milieu, abritait plusieurs couples de canards. Un cygne nonchalant et gracieux glissait sur l'eau sombre. Orion, fou de joie, gambadait devant nous.

— C'est tellement... vert, ai-je murmuré, cherchant mes mots.

— Ça ne ressemble pas à la Provence, c'est sûr... Regarde, il y a un deuxième étang, plus petit, derrière le premier : ils sont alimentés par un ruisseau qui traverse le sous-bois.

— Où sont les chevaux ?

— Juste derrière ces arbres. Un peu loin de la maison, je trouve, mais c'était le seul endroit qui convenait pour aménager une carrière et construire des boxes...

Nous avons débouché sur un grand espace dégagé. À gauche, des piles de madriers et de planches formaient une montagne.

— L'écurie, a commenté Philippe. En kit !

— Comme un Lego géant ?

— Tout à fait : on commence demain, si ça te dit.

— Euh... Je ne suis pas sûre de pouvoir soulever ces poutres, ai-je avancé.

— Nous aurons de l'aide... des amis qui viennent de la région parisienne. Toi, tu seras chargée de lire le mode d'emploi ! Un poste de confiance !

À droite, quelques troncs d'arbres jonchaient le sol sablonneux. Une cognée était encore plantée dans une souche.

— Ici, ce sera la carrière. Et nous construirons le manège couvert à côté.

— Un manège ? À quoi bon ? ai-je demandé étourdiment. Il n'y en a pas, au club, et on se débrouille très bien !

— Oui, mais vous avez 350 jours de soleil par an... Ça aide !

Plus loin, quelques enclos ombragés avaient été aménagés.

— Je vais faire les présentations... Le vieux Sirius...

Un hongre bai s'est approché de nous au petit trot.

— C'est un gros gourmand. Il sait que j'ai presque toujours une pomme dans ma poche !

Le cheval a attrapé la friandise du bout des lèvres avant de reculer pour la déguster à son aise. Il affectait une telle dignité que j'ai éclaté de rire.

— Tu l'as vexé !

Une jument alezane, flanquée de son poulain, nous regardait avec curiosité.

— Vénus et sa pouliche, Cassiopée... Je l'ai adoptée : elle était placée dans un centre pour animaux maltraités. Maigre comme un clou, avec un ventre énorme et des cicatrices partout... Elle s'est bien retapée.

— Comme Monte-Cristo, ai-je soupiré [1].

— Monte-Cristo ?

— Je te raconterai, c'est une longue histoire. Oh, et ceux-là ? Ils sont magnifiques !

Trois chevaux noirs galopaient dans le parc voisin : leurs têtes fines et fières se tournaient de tous côtés.

1. Voir En Selle ! t. 13, *Il faut sauver Monte-Cristo !*

— Voici Deneb, Altaïr et Véga... Elles sont sœurs et portent des noms d'étoiles. Ces étoiles, on les appelle les « trois belles de l'été », car on ne peut les voir qu'en cette saison dans le ciel... Mais ici, elles sont avec moi toute l'année.

Les juments se cabraient, voltaient, esquissant des ruades. On aurait dit qu'elles dansaient.

— Tous tes chevaux portent des noms d'étoiles ? ai-je demandé. Sirius, Cassiopée, Vénus... et celles-là...

Philippe a levé les yeux vers le ciel où flottaient de légers nuages d'un blanc éclatant.

— Je suis passionné d'astronomie ! Sur la terrasse, j'ai installé un télescope : à la première nuit claire, je te montrerai les constellations. Pour en revenir à ta question, non, tous mes chevaux ne portent pas un nom d'étoile... Il y a une exception.

— Ah oui ? Laquelle ?

— Viens par là...

Nous avons contourné un bosquet de hêtres. Un enclos plus grand que les autres s'étendait jusqu'au second étang. Il paraissait vide.

— Je ne vois rien...

— Attends !

Il a porté deux doigts à sa bouche et émis un sifflement aigu. Aussitôt, un hennissement lui a répondu.

— Il se cache derrière les trois sapins, là-bas. C'est son repaire !

J'étais de plus en plus intriguée.

— Il...

Je n'ai pas pu articuler un mot de plus. De l'ombre des sapins, un cheval galopait vers nous.

Et quel cheval !

Très grand, il avait une robe d'un gris pâle, presque blanche, et une longue crinière ondulée qui flottait au vent. Il se déplaçait si légèrement qu'il semblait à peine effleurer le sol. On aurait dit... du brouillard, oui, du brouillard qui aurait pris une forme animale.

Arrivé à la clôture, il a henni de nouveau.

— Alix, a dit Philippe non sans fierté, voici mon cheval, Fantôme.

3

De : alix.nguyen@rymmail.com
À : luc333@youpi.fr

Coucou, toi. Sais-tu que je t'envie ? En dehors de tes heures de cours, tu peux lézarder au soleil ou profiter de la plage – ici, c'est plutôt ciel gris, pluie fine et feuilles vertes. Et aussi secrets, mensonges, mystères... Ah ! Je te vois dresser l'oreille. Et comme je suis méchante, je vais faire durer le suspense... encore un peu.

Aujourd'hui, j'ai monté le cheval de Philippe, Fantôme. (Zut ! Pourquoi est-ce que je ne peux pas écrire « papa » tout simplement ? C'est plus fort que moi, je n'y arrive pas.) Fantôme est un étalon de pure race espagnole – à tomber, je te jure ! Il est impressionnant, mais doux comme un agneau. Nous nous sommes baladés en forêt – Philippe montait Sirius, un autre de ses chevaux – le petit plus, en Sologne, ce sont ces longues allées au sol sablonneux, où on peut galoper longtemps : rien à voir avec nos chemins caillouteux de Provence. Je me suis régalée. Après, j'ai sauté quelques obstacles dans le grand champ qui sert provisoirement de carrière. Fantôme est léger comme une plume. On dirait qu'il vole... Avec une pareille monture, je finirais peut-être par aimer les concours autant que Jess[1]*... Il paraît que les chevaux ibériques ne sautent pas un crayon. Celui-là est une exception, tu peux me croire !*

Allez... je sens que tu trépignes.

La région est très belle, la maison formidable, mais... il y a un mais, *et de taille : les gens du coin n'ont pas l'air très contents qu'un « étranger » vienne s'installer chez eux. Enfin, certains. « Étranger », ici, ça commence à la ville voisine. Tu te souviens de* La Guerre des boutons *? C'est pour te donner une idée de l'ambiance. Cet après-midi, nous sommes allés faire des*

1. Voir En Selle t. 2, *Forcer sa chance*, et En Selle t. 9, *Erreur de parcours*.

courses au village : le boucher a été adorable, l'épicière aussi (elle m'a même offert un sac de croquets aux amandes), mais la boulangère nous a regardés par en dessous et nous a laissés attendre un bon quart d'heure avant de nous servir ; elle discutait de la pluie et du beau temps avec une vieille bonne femme qui, elle, nous a délibérément ignorés. Quand enfin la commerçante a daigné nous adresser la parole, elle a demandé d'un ton brusque :

— C'est vous, les Parisiens du château ?

— Pas vraiment des Parisiens, a corrigé mon père avec un sourire. Et la maison ne ressemble pas non plus un château... pas encore, du moins !

— Oh, vous savez, ça m'est bien égal : vous ne resterez pas longtemps, croyez-moi.

— Et pourquoi ?

— Cette baraque n'est pas saine : c'est un secret de Polichinelle, ici ! Humide et tout. Le bois de la charpente est pourri, le toit s'écroulera un de ces jours. Mais les agents immobiliers, ils sont toujours prêts à raconter n'importe quoi pour vendre. Après le premier hiver, vous serez trop contents de déguerpir.

Philippe n'a pas commenté, il a payé, pris le pain et nous sommes sortis. Une fois dans le camion, il a grommelé :

— Je me demande qui a intérêt à faire courir ce genre de faux bruits.

— Alors ce n'est pas vrai ? La maison n'est pas pourrie ?

— Bien sûr que non. Les murs, le toit... tout a été passé au peigne fin par un architecte et un charpentier.

— Cette dame ne doit pas aimer les « Parisiens », ai-je supposé.

— Mmm... elle n'est pas la seule. Et elle n'a pas tort, dans une certaine mesure ; certains se montrent parfois insupportables. S'il n'y avait que ça...

— Que veux-tu dire ?

Il a démarré.

— Eh bien, a-t-il repris après un silence, je sais qu'il faut parfois du temps pour se faire adopter, et je suis prêt à faire des efforts. Mais il y a eu des incidents...

— Lesquels ?

— Des outils volés sous mon hangar. Ma boîte aux lettres forcée. Et aussi...

Il s'est tu. Deux rides parallèles se sont creusées entre ses sourcils.

— Quoi ? Sois plus clair, l'ai-je pressé. Sinon je vais imaginer des choses épouvantables !

— J'ai trouvé une chouette sur ma porte, m'a-t-il révélé à contrecœur. Clouée au battant par l'aile. C'est un truc de sorcier, une malédiction. Quelqu'un me veut du mal.

Voilà, tu en sais autant que moi... Bien sûr, Philippe a vite réalisé qu'il en avait trop dit et il a essayé de me rassurer : ce n'est pas grave au fond, ça passera, il suffit d'un peu de patience, etc. Mais moi, je suis inquiète. Je crois que je vais barricader portes et fenêtres avant de me coucher...

Tu me manques : si tu étais là, on pourrait mener l'enquête tous les deux, comme à Cheval Passion, tu te souviens[1] *? Ou quand ces incendies ont éclaté près du club*[2]*...*

Bon, j'avoue : tu ne me manques pas seulement à cause de ça...

1. Voir En Selle ! t. 12, *Tous en scène !*
2. Voir En Selle ! t. 8, *Alerte au feu.*

4

— J'aimerais avoir ton avis sur mes chevaux, a déclaré Philippe le lendemain pendant le petit déjeuner. Aujourd'hui, tu vas monter Véga. Elle te plaira, j'en suis persuadé. Maniable et sûre... parfaite pour le programme prévu ce matin !

J'ai ri, heureuse de le voir si détendu.

— Et quelle est la surprise du jour ? Une chasse au renard ? Je ne crois pas. Ce n'est pas le genre de la maison... Une séance de dressage ? De la mise en selle, pour me torturer un peu, cher professeur ? Non, j'ai l'impression que tu n'as pas la tête à ça. Je donne ma langue au chat !

— Tu es bien comme ta mère, Alix : aucune mémoire ! Je t'ai pourtant dit hier soir que nous allions chercher des emplacements pour les obstacles de cross sur la parcelle qui borde l'étang !

— Oh... c'est vrai, j'avais oublié ! Mais avec les choses bizarres qui se passent ici, avoue que j'ai des excuses...

J'ai étalé un peu de confiture de prunes sur ma tartine.

— Tu ne crois pas que tu devrais déménager ? ai-je risqué. Installer ton club dans un coin plus tranquille ?

— Ne t'inquiète pas ! Sur ce plan-là, c'est moi qui ressemble à Hélène. Têtu comme une bourrique ! J'aime cet endroit et je n'ai pas l'intention de me laisser intimider...

Nous avons préparé Véga et Altaïr derrière la maison, où quelques anneaux avaient été scellés dans le mur. Dans un grand container, selles et filets s'entassaient en bon ordre, à côté du matériel nécessaire aux soins, boîtes de pansage, pots de graisse, seaux, pierres à sel et sacs de granulés.

— C'est provisoire, m'a dit Philippe. La semaine prochaine, si tout se passe sans anicroches, nous aurons une vraie sellerie et une graineterie : le luxe !

Restée seule dans son pré, Deneb, inquiète, appelait ses sœurs.

— On devrait peut-être aller la chercher, ai-je suggéré.

— Elle va se calmer, ne te fais pas de souci. C'est une grande comédienne ! Il y a gros à parier qu'elle nous boudera au retour. En attendant, elle va asticoter Sirius ; il adore ça. Je le soupçonne d'être amoureux ! Mais je vais enfermer Orion dans la grange jusqu'à notre retour : je ne veux pas qu'il nous suive, il n'est plus très jeune. Je dois penser à le ménager...

Le terrain prévu pour le cross était sillonné de fossés au fond desquels coulaient de petits ruisseaux. Obstacles naturels assurés ! Il nous fallait trouver les meilleurs endroits pour les sauter, là où les abords ne risquaient pas de s'effondrer après des passages répétés. Nous avons fixé des rubans sur les trois lieux choisis. La largeur du dernier fossé – trois mètres – était impressionnante.

— Avec un bon cheval, ce n'est rien à sauter, a affirmé mon père pour me rassurer. Plus court qu'une foulée de galop !

— Peut-être, mais pour aujourd'hui je me contenterai du petit fossé ! J'ai envie de profiter de mes vacances avec toi, pas de les passer à l'hôpital avec un bras ou une jambe dans le plâtre !

— Froussarde !

Philippe m'a pincé la joue avant de pousser Altaïr au galop.

— Suis-moi à bonne distance ! a-t-il lancé.

Nous avons détendu nos montures aux deux mains avant de décrire une large boucle au milieu des hêtres pour aborder de face le premier passage. Je n'en menais pas large. Au club hippique des Garrigues, l'eau était rare et, si ce n'est dans le modeste gué aménagé par ma mère, nous avions rarement l'occasion de patauger. Il nous arrivait de rencontrer, au cours d'une promenade, un fossé creusé dans la roche, mais pas le moindre filet d'eau ne coulait entre les pierres.

Philippe, quelques foulées avant l'obstacle, a remis sa jument en équilibre. Je l'ai suivi, le serrant d'un peu trop près. Altaïr et Véga ont survolé le ruisseau. Surprise, ma monture a fait un bond phénoménal : par chance, je m'étais agrippée à la crinière, ce qui m'a évité une chute peu glorieuse dans les taillis.

— Nos juments n'ont pas bien évalué la difficulté, a commenté mon père. Tu verras qu'au troisième passage elles lèveront beaucoup moins leurs sabots !

— Je ne sais pas si je peux te croire, ai-je répondu en riant.

— Mais si... Surtout si tu veilles à garder tes distances, cette fois !

Mon appréhension a disparu comme par magie. Quel saut ! Pour la première fois, j'ai eu la sensation de planer indéfiniment.

— C'était comme dans mon rêve...

— Quel rêve ?

— Un rêve que je fais souvent. Je suis sur un promontoire, je me jette dans le vide, et, au lieu de m'écraser sur le sol, je m'envole ! Je décris des cercles lents et souples en rasant les courbes du relief. Et lorsque je me réveille, il me reste une impression tellement agréable que j'essaie de me rendormir pour prolonger ce songe... mais ça ne marche pas souvent ! ai-je conclu.

Philippe m'a regardée avec curiosité.

— Je suis heureux que tu me parles de tes rêves. Je te connais si peu... C'est très intimidant d'avoir une fille de ton âge ! Parfois, je ne sais pas trop comment je dois me comporter.

— Tu te débrouilles très bien, ai-je murmuré.

Nous nous sommes à nouveau dirigés vers le fossé. Cette fois, j'avais pris la tête. Véga avait adopté une allure plus modérée : elle a sauté avec la légèreté d'une plume.

— On y retourne ? ai-je suggéré, enthousiasmée.

— Holà, tout doux, il ne faut pas abuser des bonnes choses ! Et nous avons d'autres emplacements à baliser. Au travail, jeune fille !

Nous nous sommes enfoncés au cœur de la forêt de feuillus. Le sous-bois était bien aéré et nous pouvions circuler au milieu des superbes chênes, hêtres et bouleaux.

— Essaie de trouver de longues allées sans arbres, m'a demandé mon père, j'aimerais ne pas en abattre pour tracer la piste de cross. Pendant ce temps, je vais voir où je peux construire un toit de bergerie[1].

Je suis partie au petit galop sur un sentier assez large. Les étriers réglés court, j'ai pu m'installer confortablement en équilibre, les genoux calés sur les taquets de ma selle. J'ai lâché les rênes et écarté les bras. Véga, libérée, n'a pas cherché à accélérer. Elle balançait parfois la tête à droite ou à gauche, ralentissait au passage d'un lapin... Je prenais plaisir à suivre ses changements d'allure, m'efforçant de me faire discrète afin de ne pas la gêner.

Plus loin, le sentier s'effaçait sous les broussailles. Véga se déplaçait au hasard, cherchant les espaces les plus dégagés. J'ai repris mes rênes pour ralentir ma monture

1. Obstacle naturel en forme de toit à une pente.

et je suis revenue sur mes traces au petit trot.

Philippe, sur Altaïr, se tenait immobile au milieu d'une petite clairière où le soleil jetait ses flèches d'or. En m'apercevant, il a posé un doigt sur sa bouche. Puis il a pointé la direction opposée à l'étang. Dans une futaie, deux chevreuils étaient à l'arrêt, les muscles tendus, les oreilles pointées vers nous. Quelques secondes plus tard, ils avaient, d'un bond, disparu dans la forêt.

— Comme ils sont beaux !

— Ce sont des copains, a expliqué Philippe. Je les vois presque chaque jour. Petit à petit ils se rapprochent. Ils ne te connaissent pas encore, mais dans quelque temps ils devraient se montrer moins farouches.

— Il y a beaucoup d'animaux sauvages par ici ? ai-je demandé.

— Pas mal de sangliers, quelques cerfs, des chevreuils, des lièvres, des renards, et plus d'espèces d'oiseaux que je ne saurais en reconnaître. La semaine dernière j'ai même aperçu un héron en train de pêcher dans l'étang !

— Avec mon copain, j'observe souvent les oiseaux...

— Luc, je sais... Hélène m'en a touché un mot. C'est sérieux, vous deux, on dirait ! a-t-il ajouté, taquin.

J'ai piqué un fard. Mon père savait donc que j'avais un petit ami alors que je ne connaissais rien de sa vie sentimentale ! Il ne perdait rien pour attendre : j'avais bien l'intention de profiter de mon séjour pour le faire parler.

5

L'après-midi, les amis de Philippe devaient nous aider à monter les boxes. À deux heures, nous étions sur place, munis de chapeaux et d'une Thermos de café glacé, car le soleil tapait fort.

— Ils sont en retard, a constaté mon père. Pourvu qu'ils ne se soient pas perdus ! Je leur avais pourtant faxé un plan d'accès...

À cet instant, un fourgon blanc a remonté l'allée. Deux solides gaillards, l'un blond, l'autre roux, en sont descendus.

— Alix, voici Frank... et Yves, qui se distingue par le flamboiement de sa chevelure ! Gérald n'est pas avec vous ?

— Il est vraiment désolé, a expliqué Frank. Un appel de dernière minute, un devis important... il a été obligé de s'en occuper pour ne pas perdre un gros client !

Il s'est tourné vers moi.

— Gérald est architecte. C'est lui qui a expertisé cette maison.

— Ça ne va pas être facile d'installer les grands panneaux à trois, mais il faudra bien nous débrouiller sans lui, a soupiré mon père.

— Peut-être puis-je vous aider ?

Une jeune femme blonde, vêtue d'une veste et d'un jean, venait vers nous sans hâte. Je ne l'avais pas entendue approcher. Orion non plus, apparemment : couché à mes pieds, il s'est contenté de remuer la queue, sans même faire mine de se lever pour aller flairer les jambes de la promeneuse.

— Ce chien devient sourd comme un pot, a dit Philippe. Ou bien il nourrit une inébranlable confiance en la bonté humaine... Dans les deux cas, c'est un bien piètre gardien !

— Je m'appelle Anouck Rilas, a annoncé la nouvelle arrivante. J'habite à La Brenne et je me balade souvent par ici : les bois sont si beaux ! En passant sur le sentier, je n'ai pu m'empêcher d'entendre votre conversation. Je suis libre cet après-midi, aussi je vous donnerai volontiers un coup de main, dans la mesure de mes possibilités !

— C'est très gentil à vous, a répondu mon père avec une certaine hésitation, mais je ne sais pas si vous pourrez...

— J'essaierai, a-t-elle répondu d'une voix douce.

— Ces matériaux sont très lourds, a insisté Frank.

— Je suis maréchal-ferrant, j'ai l'habitude des travaux de force. Certains des chevaux dont je m'occupe ont un gros gabarit !

Je l'ai regardée avec un étonnement mêlé de respect. Maréchal-ferrant ! Je savais que c'était un travail très physique. Or, Anouck Rilas était à peine plus grande que moi et ne devait pas peser plus de cinquante kilos.

— Dans ce cas... a répondu Philippe, j'accepte votre proposition avec reconnaissance. Deux bras supplémentaires ne seront pas de trop ! Nous allons d'abord pointer le matériel.

Il m'a tendu un stylo ainsi qu'une notice comportant la liste des pièces, puis a commencé à trier planches et madriers.

— Et si nous disposions les panneaux le long de la dalle, là où ils doivent être montés ? a suggéré Anouck. Nous y verrions plus clair.

— Bonne idée, a approuvé Yves.

Les pièces, numérotées, avaient été empaquetées dans le plus grand désordre. Il nous a fallu plus d'une heure pour mettre en place les différents éléments du puzzle.

— Tout y est ? a interrogé Philippe.

Il s'est épongé le front. Frank et Yves, assis à l'ombre d'un bouleau, se passaient la Thermos ; Anouck s'était détournée et contemplait l'étang.

— Je ne crois pas, ai-je répondu en pointant une dernière rubrique. Il manque les boulons et les équerres.

— Ce n'est pas vrai !

La voix de mon père trahissait sa colère et sa lassitude.

— On peut les remplacer, a suggéré Frank. S'il ne s'agit que de faire un saut à la quincaillerie, ça ne sera pas long.

— Il y en a une quantité phénoménale, et par surcroît de dimensions spéciales. Je ne les trouverai jamais à La Brenne.

— Sans compter la dépense supplémentaire, a remarqué Yves.

— Cette fois, « il » a dépassé les bornes ! Regardez...

Philippe a montré le sac en plastique scellé où auraient dû se trouver les pièces manquantes : il avait été éventré à la va-vite et jeté derrière une pile d'éverites destinées à couvrir la charpente.

— Vous avez eu d'autres problèmes ? a interrogé Anouck en ouvrant de grands yeux.

— Oui, j'ai l'impression que mon installation ici dérange !

Elle a marqué une pause avant de continuer d'une voix moins assurée :

— Et... vous savez qui ?

— Non. Mais j'aimerais bien !

— Un homme m'a parlé dans le train, ai-je raconté. En te voyant au volant de ton van, il a eu l'air surpris. Non... pas surpris. C'était autre chose. Il posait beaucoup de questions. Je l'ai trouvé bizarre.

Philippe a secoué la tête.

— On ne peut accuser personne sans preuves.

— Tu devrais porter plainte, a déclaré Frank.

— Contre X ? Je vais le faire, mais j'ai peur que cette démarche ne serve pas à grand-chose. En attendant, la plupart de mes outils ont disparu, et sans matériel de fixation nous ne pouvons pas assembler les boxes... Un vrai fiasco ! Moi qui voulais t'offrir de belles vacances, Alix... Ce n'est pas drôle pour toi.

— Tu n'y es pour rien, ai-je affirmé. Je suis sûre que ça va s'arranger, ai-je poursuivi avec maladresse.

Je n'avais aucun moyen de l'aider, il le savait. J'en aurais pleuré...

— Si au moins je savais pour quelles raisons on s'acharne contre moi ! Enfin, tant qu'« il » ne s'attaque pas à mes chevaux...

Sa phrase est restée en suspens : un bruit de cavalcade venait du parc des juments. Affolé, Philippe s'est précipité et nous lui avons emboîté le pas. Fausse alerte ! Les trois sœurs s'étaient lancées dans une course effrénée, décochant ruades et sauts de mouton. Véga, en tête, zigzaguait dans le pré, sautant à chaque longueur le petit ruisseau qui le traversait.

Le visage de mon père s'est détendu.

— Notre petite sortie de ce matin leur a plu, on dirait.

Soulagée, j'ai fait chorus.

— Et moi qui croyais qu'elles étaient épuisées !

— Il leur en faut bien plus ! Ce sont des anglo-arabes, très résistantes malgré la finesse de leurs membres.

Un peu plus loin, Fantôme, attiré par les facéties de ses voisines, se tenait près de l'entrée de son parc, la tête dressée, les oreilles pointées.

— Il est magnifique ! s'est exclamée Anouck en se dirigeant vers lui.

Elle a voulu lui caresser le chanfrein, mais l'étalon blanc a reculé.

— Fantôme est un peu spécial, a dit Philippe. Je n'ai jamais réussi à l'approcher de front. Il a dû se blesser, ou être frappé quand il était poulain. J'ai un truc : je l'aborde par le côté en sifflant.

— Je peux essayer ? a demandé la jeune femme.

— Allez-y ! Mais en douceur : il se méfie des nouvelles têtes.

Anouck est entrée dans l'enclos. Le pur-sang suivait ses gestes avec attention.

— Oui, tu es beau... tu es très beau... a-t-elle psalmodié à voix basse. Tu mérites de vivre dans un endroit aussi merveilleux que celui-ci...

Elle a siffloté un petit air tout en caressant l'encolure où les muscles se gonflaient.

— Vous connaissez bien les chevaux, a constaté mon père. Fantôme ne permet pas à n'importe qui de le toucher.

Une ombre de mélancolie est passée sur le visage de la jeune femme.

— J'en avais deux, des chevaux rustiques qui vivaient en liberté dans un immense terrain. J'ai dû m'en séparer quand je me suis installée à La Brenne.

— Et pourquoi ce déménagement ?

Les doigts d'Anouck jouaient dans la longue crinière argentée. J'ai vu ses mains se crisper.

— Une histoire de famille. Je n'aime pas en parler.

Philippe n'a pas insisté.

— Venez prendre un rafraîchissement, a-t-il proposé. Puisque nous sommes au chômage forcé...

— Merci, a dit très vite la jeune femme, je vais rentrer. J'ai un tas de paperasses administratives à remplir.

Elle a jeté sa veste sur ses épaules et s'est éloignée après un vague salut à la ronde.

— Sympa, mais un peu bizarre, a remarqué Yves. Elle est partie comme si elle avait le diable à ses trousses ! C'est l'effet de ton charme dévastateur, Philippe ?

Nous avons repris le chemin de la maison.

— Pour en revenir à ce sinistre plaisantin, a supposé Frank, c'est peut-être un voisin qui avait pour projet d'agrandir sa propriété.

— Ou des chasseurs que tu déranges, a enchaîné Yves. S'ils traquaient librement le gibier sur ces terres... Ta fille a peut-être raison, après tout.

Prétextant un mal de tête, je me suis isolée dans ma chambre. J'avais besoin de réfléchir. Comment mettre la main sur le mystérieux malfaiteur ? À moins de le prendre sur le fait, nos chances étaient minces. Il devait connaître la région comme sa poche et veillerait à ne pas laisser de traces. J'étais sûre que le sac qui avait contenu les boulons et les équerres volés ne portait aucune empreinte digitale ; de plus, si notre « criminel » n'était pas déjà fiché par les services de police, celles-ci ne seraient d'aucune utilité.

J'ai bourré mon oreiller de coups de poing, comme si une idée lumineuse allait en sortir.

« Si seulement Luc, Jess et Léa étaient là... »

Avec leur aide, j'aurais trouvé un indice, un début de piste – quelque chose. Seule, je tournais en rond : mon cerveau fonctionnait à vide.

Découragée, je me suis laissée retomber sur mon lit. En face de moi, sur l'armoire, le paquet bien enveloppé qui contenait le cadeau destiné à mon père semblait me narguer.

Personne ne savait ce qu'il contenait. Pendant des semaines, je m'étais enfermée dans ma « pièce secrète[1] » pour le confectionner.

« J'aurais dû le lui offrir le premier soir. J'ai trop attendu. »

S'il l'ouvrait maintenant... il aurait de la peine.

Et je ne le voulais à aucun prix.

1. Voir En Selle ! t. 1, *Le Poulain des garrigues*.

6

Nous avions prévu de nous rendre à Bourges le lendemain pour remplacer le matériel dérobé et faire d'autres menus achats. En voyant mon père manœuvrer pour sortir le van de la remise, je n'ai pu m'empêcher de manifester ma surprise.

— Je ne savais pas que les boulons et les équerres prenaient tant de place... Tu les commandes à la tonne ?

Il m'a souri en descendant de la cabine.

— Je ne te l'ai pas dit ? Nous n'allons pas *seulement* acheter de la quincaillerie...

Il a jeté deux filets à foin bien garnis dans le camion, ainsi qu'un seau rempli de carottes.

— J'ai décidé de ne pas me laisser

abattre ! Si je donne l'impression de baisser les bras, mon adversaire, quel qu'il soit, en profitera. Et je n'aurai plus qu'à abandonner. Pas question ! Je continue comme si de rien n'était. On verra qui de nous deux est le plus tenace ! J'ai lu dans le journal qu'un club situé près de Bourges vendait sa cavalerie. Les prix sont raisonnables et j'ai pensé qu'on pourrait y faire un tour...

J'ai sauté de joie.

— On va acheter des chevaux ?

— Des poneys, a-t-il rectifié. Deux, pour commencer. Sirius est un peu grand pour des enfants, et les juments sont trop vives. La pouliche de Vénus n'est pas encore sevrée. Quant à Fantôme, je ne peux le confier qu'à des cavaliers expérimentés...

Je me suis sentie flattée : il pensait donc que j'étais bonne cavalière.

— Tu me donneras des conseils, a-t-il ajouté, mettant le comble à ma fierté. Côté poneys, je pense que tu t'y connais mieux que moi. Ah, au fait...

Je courais déjà vers la maison pour prendre mon sac.

— ... N'oublie pas ton casque et tes chaps,

car c'est toi qui vas essayer nos futurs pensionnaires ! Tu me vois, moi, monter un poney B[1] ? Le malheureux s'écroulerait après un seul tour de carrière !

À ma grande déception, Philippe s'est dirigé en premier lieu vers la zone commerciale de la ville.

— Autant se débarrasser des corvées, a-t-il dit. J'ai une liste de courses longue comme un jour sans équitation... Non, je plaisante ! a-t-il rectifié devant ma mine déconfite. C'est l'affaire d'une demi-heure.

Mais chez le marchand de matériaux, des files d'attente interminables s'allongeaient devant les caisses et il était plus de midi quand nous avons déposé le dernier paquet dans la cabine du camion.

— On va grignoter un morceau ? a proposé Philippe. J'ai l'estomac dans les talons... Allez, Alix, ne fais pas cette tête ! Je me sens incapable de discuter le prix d'un poney si je suis obsédé par l'image d'un poulet rôti bien croustillant !

1. Il y a trois tailles de poneys : A, B, C, du plus petit au plus grand.

J'étais bien obligée de suivre le mouvement. Nous avons déjeuné sur le pouce dans un café qui servait de délicieux *panini* et des salades, puis nous avons suivi la route de Montluçon sur quelques kilomètres.

— Alix, tu peux prendre le plan dans la boîte à gants ? Je me souviens qu'il faut tourner à gauche à la voie ferrée, mais, après, c'est le trou noir. Guide-moi, s'il te plaît.

Le chemin s'enfonçait dans un petit bois de bouleaux, puis virait serré avant de franchir, sur un pont de pierre, une rivière aux eaux vertes et paisibles.

— C'est là, je crois, ai-je dit.

Un panneau à la peinture écaillée indiquait « Poney-club du Breuil ». Les clous qui le maintenaient ayant disparu, il était posé par terre, à côté d'un arbre.

À l'entrée du club, une vieille dame en blouse de coton rose et bottes de caoutchouc nous a accueillis. Ses cheveux blancs, impeccablement ondulés, avaient des reflets mauves et elle portait ses lunettes accrochées à son cou par un ruban noir.

— Le club appartenait à mon frère, a-t-elle expliqué. Comme il était veuf, je m'occupais de la maison et de la comptabilité. Mais les chevaux ! J'en ai toujours eu peur, même petite. Et maintenant que le cher garçon a rejoint un monde meilleur...

Elle a soupiré.

— Je vais m'installer à Vierzon, chez ma nièce. Elle a trois petits garçons de quatre à douze ans ; vous pensez si elle refusera un coup de main ! Tous les chevaux ont déjà trouvé preneur... Les poneys sont par là, sous le hangar. C'est un voisin qui s'en occupe. Je vous laisse entrer seuls ! Venez me trouver quand vous aurez choisi.

Elle m'a adressé un clin d'œil.

— Je viens juste de sortir un gâteau du four. Ça vous dit, jeune demoiselle ? Avec un verre de limonade maison ? Et même si nous ne faisons pas affaire, j'offrirai aussi une tasse de café à votre papa !

Les poneys, six ou sept, étaient rassemblés à l'abri du soleil, au milieu d'un nuage de mouches.

— Un bon pansage ne leur ferait pas de mal, a remarqué mon père, fronçant le nez. Le voisin doit borner ses soins à la seule nourriture... Enfin ! Ils ne sont pas maigres, c'est déjà ça. Essayons de voir de quoi ils ont l'air sous cette couche de poussière...

J'avais déjà repéré un shetland pie qui semblait robuste et vif.

— Celui-là, regarde...

— Il n'est pas mal, a approuvé Philippe. Passe-moi le licol. Viens là, bonhomme ! Tu te laisses approcher facilement, c'est un bon point. Voyons les dents... il doit avoir huit ans. Les aplombs semblent corrects...

Il a palpé les membres du poney, lui a soulevé la queue et retroussé les paupières. Puis je l'ai fait marcher et trotter en main hors du hangar.

— Bon pour le service ! a conclu mon père quand je suis revenue vers lui, essoufflée. À condition que l'essai monté soit concluant... mais avant, je voudrais que nous en sélectionnions un ou deux autres.

Nous avons choisi un hongre alezan de grande taille – presque aussi grand qu'un cheval – et une petite jument gris pommelé.

— Attache-les à cette barre, Alix. J'ai vu en passant où se trouvait la sellerie, je vais essayer de dénicher une selle et un filet.

— Je peux monter le shetland à cru, ai-je proposé.

— Excellente idée ! Nous commencerons par lui.

Une heure plus tard, je me suis écroulée, les muscles en feu, devant les boxes vides.

— Ouf, je n'en peux plus ! Quelle cavalcade !

Le poney shetland ne m'avait pas donné beaucoup de mal : il avait trotté et galopé sans se faire prier. J'avais même réussi à sauter un croisillon, ce qui, à cru, était plutôt amusant ! Je jugeais l'alezan un peu mou, mais Philippe lui trouvait « du potentiel » et de belles allures. En revanche, la ponette grise m'avait désarçonnée trois fois : sauts de mouton, ruades... un vrai festival !

— Tu aurais dû me prévenir que j'allais participer à un rodéo !

J'ai massé mon épaule douloureuse.

— Justement, je ne vais pas ouvrir une école de rodéo ! Dommage, c'est la plus intéressante des trois ! Mais je n'ai ni le temps ni les moyens de « redresser » des chevaux qui ont pris de mauvaises habitudes.

Il avait raison, et je le savais. Pourtant, j'étais un peu déçue. Quand je l'avais ramenée dans son enclos, la ponette s'était frottée contre moi, par jeu. J'avais senti un courant de sympathie passer entre nous. J'étais sûre qu'elle n'était pas vicieuse.

— Alors ? nous a interrogé la propriétaire en nous servant de grosses tranches d'un gâteau aux pommes qui embaumait. Vous avez trouvé votre bonheur ?

— C'est bien possible, a répondu Philippe. Il reste à discuter des conditions...

Elle a levé les bras au ciel.

— Si vous croyez que je sais combien ça vaut, ces bêtes-là ! Je suis trop contente qu'on m'en débarrasse : le métayer qui reprend les bâtiments veut s'orienter vers la culture maraîchère. Faites-moi une offre !

Mon père a serré les lèvres, comme s'il se livrait à un rapide calcul.

— Mille euros, a-t-il avancé. Pour les deux, le petit shetland et le poney alezan.

— Vous pourriez aussi bien me parler chinois, a répliqué la vieille dame en riant. Alezan ? Vous voulez dire le grand Caramel ? Et le petit de deux couleurs ? Ça me paraît honnête. Et si vous voulez, pour ce prix-là, vous pouvez même en prendre trois !

Il a secoué la tête en signe de refus, mais j'ai posé ma main sur son bras.

— Papa...

Cette fois, j'avais réussi à le dire ! Avec une telle facilité – je n'en revenais pas. Surpris, il a tourné son regard vers moi.

— Oui, Alix ?

— Emmenons la petite grise, alors ! Il y a de la place pour trois poneys dans le van. Et tu as remarqué toi-même que c'était la plus intéressante...

— Oui, mais...

— Je m'en occuperai ! Je la monterai tous les jours ! Et je te jure que, d'ici un mois, elle sera docile comme un agneau ! Tu pourras la donner à des débutants !

— Tu as l'air bien sûre de toi ! Et si tu ne réussis pas ?

J'ai baissé les yeux.

— Il sera toujours temps de la revendre... Dis oui, papa ! S'il te plaît !

Il s'est détendu.

— Bon, j'accepte. Mais sous ta responsabilité. Ce sera TA ponette, quand tu viendras me voir... Et, le reste du temps, elle servira pour le club. Si tu réussis à en tirer quelque chose. D'accord ?

— D'accord ! Papa, je t'adore !

Je lui ai sauté au cou, spontanément.

— Je sais déjà comment je vais l'appeler : ce sera Petite Ourse, pour qu'elle porte, elle aussi, un nom d'étoile...

— De constellation, a-t-il corrigé.

— Tu vois bien ! Elle est exceptionnelle, je le savais...

7

Nous étions de belle humeur, ce soir-là, quand nous sommes arrivés en vue de la maison. Mon père semblait avoir oublié ses soucis : il sifflait des airs de jazz que je reprenais à tue-tête sur des paroles de fantaisie. À l'arrière du camion, les poneys, sans doute charmés par notre répertoire, se tenaient tranquilles. À moins que le contenu des filets à foin se fût révélé suffisant pour les distraire de nos fausses notes...

— Une bonne journée ! a déclaré Philippe. Dès demain, nous attaquerons les boxes. Une fois qu'ils seront montés, personne ne viendra retirer les vis... du moins, je l'espère ! Et lundi prochain, on me livre le sable pour la carrière.

— Tu comptes ouvrir quand ? lui ai-je demandé.

— Le plus tôt possible. J'ai déjà des demandes de stage pour la fin du mois. Ce qui nous laisse trois semaines pour parer au plus pressé. Les finitions, le club-house, on verra plus tard.

Sans ralentir, il est passé devant le perron pour emprunter un chemin étroit, que je n'avais pas encore remarqué.

— Nous allons installer nos nouveaux pensionnaires dans leur enclos. Une chance qu'ils soient habitués à pâturer ensemble ! Et après, à table ! J'ai une faim de loup !

— Moi aussi, ai-je murmuré. Qu'est-ce qu'on mange ? Des pâtes ?

Philippe m'a lancé un regard en coin.

— Tu n'as pas une très haute opinion de mes talents de cuisinier, on dirait. Oui, on va manger des pâtes. Avec une tonne de fromage, pour changer !

— Demain, si tu veux, je préparerai des crevettes au curry. Recette de maman.

— Alors, ce sera sûrement très bon...

Mais sa voix restait distraite et il fouillait l'obscurité du regard.

— Qu'est-ce que tu cherches ?

— Orion. Il devrait être en train de sauter autour du camion en aboyant comme un fou.

— Il court peut-être après un lapin, ai-je suggéré.

— Ce serait bien la première fois. Il a une peur bleue des lapins. C'est le seul chien que je connaisse qui soit aussi timoré, vu sa taille !

Il a coupé le moteur et sauté à terre.

— Orion !

L'épagneul breton ne se montrait toujours pas. L'air perplexe, Philippe a manœuvré le pont du van.

— Descendons ces trois-là, nous partirons à sa recherche ensuite...

Le parc voisin de celui de Sirius était vide ; nous y avons lâché les poneys, puis nous avons rempli l'abreuvoir d'eau fraîche. Le vieux hongre bai, intrigué, est venu saluer ses nouveaux amis d'un hennissement sonore. Plus loin, Deneb, Altaïr et Véga caracolaient.

Soudain, mon père m'a serré l'épaule.

— Tu n'entends rien ?

J'ai tendu l'oreille.

— Si... une sorte de gémissement. On dirait que ça vient de là...

Je désignais, au jugé, un point dans le noir.

— L'étang !

Il a couru vers le camion ; le faisceau d'une puissante torche s'est allumé, trouant la nuit.

— Viens vite ! m'a-t-il jeté en repassant devant moi au pas de charge.

La lune était encore cachée par la masse des bois ; seul le miroir d'eau de l'étang semblait émettre une faible lueur. Nous avons suivi le petit chemin qui longeait l'étang, futur point de départ des promenades à cheval. Papa m'avait appris qu'il comptait le faire élargir ; il avait déjà retenu les services d'un professionnel.

— Pas très enthousiaste, le bonhomme, avait-il commenté. Il a commencé à me parler de chasse, de gibier... Lui aussi venait là tirer le faisan quand la propriété était fermée.

— Sur ta gauche ! ai-je crié, haletante.

Le gémissement devenait plus proche, plus fort.

— Orion !

Dans un froissement de fougères, Philippe s'est jeté à genoux. Je l'ai rejoint en quelques foulées. Avec délicatesse, il tentait de desserrer le fil de fer qui étranglait l'épagneul à chaque mouvement. Le chien ne bougeait plus, ne se plaignait plus ; il remuait même faiblement la queue.

— Un collet, a grondé mon père, furieux. C'est ignoble ! Pauvre vieux, il est si confiant ! Regarde, il ne se débat même pas. Je vais t'enlever cette horreur.

Il a rejeté le piège dans les fourrés, puis a passé ses doigts sur le cou du chien, qui a frémi.

— Des écorchures, rien de pire, par chance ! Nous allons désinfecter ça.

Dans la cuisine bien éclairée, nous avons soigné Orion ; je lui ai ensuite donné un reste de steak haché avant d'étaler pour lui une couverture devant l'âtre éteint. Mon père n'avait plus rien dit depuis que nous étions rentrés, mais chaque trait de son visage exprimait la colère.

— Qu'est-ce que tu vas faire ? ai-je interrogé, un peu inquiète.

— Mettre la main sur le responsable. S'en prendre à des animaux... tu te rends compte ?

Sa voix tremblait de rage.

— Es-tu sûr qu'Orion était visé ?

Il s'est versé un grand verre d'eau qu'il a bu d'un trait.

— Non. Les nouvelles vont vite par ici. Tout le monde doit savoir que je vais organiser des randonnées d'une journée et l'endroit où le piège a été posé se situe juste sur le passage des chevaux. Tu imagines, si un poney avait mis le pied dans ce collet ?

— Il se serait affolé, ai-je dit lentement, car je commençais à mesurer les conséquences de cet acte de malveillance. Ou il serait tombé, entraînant son cavalier. Qui aurait peut-être été blessé...

Mon père s'est levé. Il a repris, sur la table, sa lampe torche et son téléphone portable.

— Où vas-tu ?

— Faire le guet. Ce type est déterminé ; il ne va pas s'en tenir là. Il reviendra cette nuit, voler du matériel ou saboter je ne sais quoi. Seulement, cette fois, je serai là. Il trouvera à qui parler ! Mange quelque chose, Alix, et va te coucher.

— Et toi ?

— Je n'ai pas faim.

Il m'a embrassée sur le front avant de sortir. De la fenêtre, j'ai vu la lumière de sa lampe danser dans l'allée.

« Il va vers le hangar... Il passe derrière le tracteur... Bon, j'en sais assez pour ne pas me cogner à lui, tout à l'heure. S'il s'imagine que je vais aller me coucher comme une bonne petite fille, en le laissant prendre des risques seul, il se trompe. »

Par prudence, j'ai attendu quelques minutes avant de sortir à mon tour. Dans le noir, m'orienter était difficile, mais j'avais à peu près repéré la topographie des lieux et je suis parvenue sans encombre jusqu'au hangar. Les machines agricoles, le matériel pour les boxes, les outils se trouvaient là ; si un visiteur indésirable se présentait, Philippe le verrait.

« Et moi aussi. »

Je me suis tapie derrière une grande malle qui contenait des tapis de selle et des couvertures. Une fois de plus, Luc me manquait. Je ne me sentais pas rassurée : cet ennemi invisible qui frappait en toute impunité prenait dans mon imagination la stature d'un géant. Je n'étais pas sûre de souhaiter qu'il se montre...

Le vent chuchotait dans les frondaisons ; par instants, je me raidissais, croyant entendre un bruit de pas. Puis le silence retombait, encore plus angoissant. Une toux, vite étouffée, m'a signalé la cachette de Philippe. Il se trouvait à moins de dix pas de l'endroit que j'avais choisi. M'avait-il entendue ? Sans doute pas, sinon il se serait manifesté.

Puis j'ai perçu, distinctement cette fois, un froissement de feuilles sèches. Quelqu'un approchait. Allait-il entrer sous le hangar ? Non, l'inconnu se dirigeait vers l'étang. Quand il est passé devant moi, j'ai eu le temps de distinguer une silhouette massive, aux épaules larges.

Tout est allé très vite.

Philippe a jailli de son abri comme un diable hors de sa boîte et s'est jeté sur l'intrus. Des jurons ont fusé et les deux adversaires ont roulé sur le sol. Une lumière soudaine m'a éblouie : j'ai mis ma main devant mes yeux et je me suis relevée.

Mon père braquait le faisceau de sa lampe sur le visage d'un homme corpulent, couché sur le côté, qu'il maintenait à terre d'une poigne solide.

Un rouleau de fil de fer et d'autres menus objets étaient éparpillés sur le sentier. Des pièges !

— C'est lui ! ai-je crié.

Surpris, Philippe, sans pour autant relâcher son étreinte, s'est tourné de mon côté.

— Alix ? Que fais-tu là ? Je croyais t'avoir dit...

— C'est lui, ai-je répété. L'homme du train.

8

Il était plus de minuit quand nous avons sonné à la grille de la gendarmerie. Curieusement, le poseur de pièges, de lui-même, nous avait proposé de nous y emmener. Dans l'interphone, mon père a dû répéter quatre fois le motif de sa visite avant que l'officier de garde accepte de nous ouvrir.

— Bonsoir, André ! a lancé le chasseur en entrant dans le bureau éclairé au néon, où un factionnaire s'occupait à remplir une grille de mots croisés.

— Je comprends mieux son attitude coopérative ! a chuchoté Philippe à mon oreille. Il a des amis dans la place...

— Alors, Gérard Blanchet, on a été pris

en flagrant délit de braconnage ? a plaisanté le gendarme sans un regard pour nous.

— Cette fois, je plaide coupable, André. Tu sais bien ce que c'est, je ne fais pas grand mal : juste un lièvre de temps en temps pour améliorer mon ordinaire... Je venais relever mes pièges, je n'ai commis aucun crime !

— Trêve de plaisanteries ! l'a coupé Philippe d'une voix cinglante. Non seulement ce monsieur a failli tuer mon chien dans ma propriété, mais en outre il m'a volé du matériel, et ce à plusieurs reprises. Ma boîte aux lettres a été forcée et des documents administratifs ont disparu. J'exige que ma plainte soit enregistrée sur-le-champ.

La déposition a duré près de deux heures. Le gendarme transcrivait les paroles de mon père de façon imprécise et celui-ci l'obligeait à rectifier chaque phrase. Monsieur Blanchet, lui, avait perdu de sa superbe et semblait même gêné par l'attitude des représentants de la loi.

— Vous savez, a-t-il avoué d'une voix hésitante sur le chemin du retour, j'ai toujours chassé sur ces terres, et mon père avant moi. C'est pourquoi j'ai continué après votre arrivée. Une tradition, ça ne se bouscule pas si facilement !

— Vous devez savoir que les collets représentent un danger réel pour les chevaux ! S'ils se prennent un pied dedans au trot ou au galop, c'est la chute assurée, a riposté mon père.

— J'ai manqué de discernement et je le regrette. Mais pour les vols, je vous assure que ce n'est pas moi ! Et cette histoire de chouette clouée à la porte de votre grange... jamais je n'aurais fait ça ! Quelqu'un a payé un sorcier, a-t-il ajouté en baissant la voix. Il y en a encore dans la région, c'est connu.

— Nous verrons bien, a conclu Philippe d'un ton sec. J'espère que les gendarmes mèneront leur enquête avec sérieux. Leur manque de zèle était par trop évident ! Vous pouvez nous déposer ici ; ma fille et moi, nous aimons marcher.

Nous sommes restés sur place quelques minutes après le départ de la voiture, le temps que nos yeux s'habituent à l'obscurité. Un croissant de lune éclairait la campagne. Mon père a posé ses mains sur mes épaules et m'a serrée contre lui avec tendresse.

— Je vais me répéter, mais... je suis vraiment désolé de t'infliger ce genre de corvée. Une soirée dans une gendarmerie, ce n'est pas le top pour une jeune fille de ton âge !

— Détrompe-toi, c'était très intéressant ! Et puis, j'ai l'habitude des situations compliquées. Partout où nous passons, Jess, Léa, Luc et moi, des choses bizarres se produisent. Peut-être même les provoquons-nous ! Alors, tu vois, c'est sûrement ma faute si tu as tous ces ennuis...

Mon père a éclaté de rire.

— Pas de doute, je tiens la coupable ! D'ailleurs, je vais te remettre dans le prochain train pour Marseille...

— Si tu fais ça, je saute en marche et je reviens à pied !

Un peu plus loin, nous nous sommes arrêtés sur un banc de bois pour écouter le murmure de l'eau passant dans le moulin. Mon regard s'est attardé sur les feuilles mortes qui tourbillonnaient dans les remous de la chute.

— J'espère que tu comprends pourquoi j'ai envie de me battre pour garder cette propriété, a dit Philippe.

— Bien sûr ! C'est si beau... un vrai paradis !

— Tu as raison. Seulement, ici aussi il y a un serpent quelque part, caché sous une pierre... Allez, rentrons. Tu dois être morte de fatigue ! Nous allons couper par la prairie.

La lueur de la lampe extérieure de la grande maison filtrait à travers les arbres. Nous longions, par l'arrière, le pré de Fantôme, quand Philippe s'est immobilisé.

— La clôture ! s'est-il exclamé. Elle est par terre... Quelqu'un a coupé les fils !

Portant deux doigts à ses lèvres, il a émis un sifflement perçant. Puis un autre. Mais le grand cheval gris ne s'est pas montré.

— Peut-être est-il resté là-bas, sous les arbres. Pourvu qu'il ne lui soit rien arrivé !

— Tu crois qu'il est blessé ? ai-je demandé, anxieuse.

— Possible... ou même pire... Un ami m'a raconté une histoire affreuse, l'autre jour, à propos de ses chevaux... Oh, je préfère ne pas entrer dans les détails. Viens !

— Cette fois, le chasseur ne peut pas être responsable, ai-je remarqué. Il était avec nous à la gendarmerie.

— Il a peut-être un complice.

Sous la lumière de la lune, nous avons fouillé bosquets et fossés. Aucune trace de l'étalon. Philippe marchait d'un pas rapide, les poings serrés. J'avais du mal à le suivre. Nous avons dû assez vite nous rendre à l'évidence : le pré était vide.

Fantôme avait disparu !

À l'entrée d'une piste qui contournait les bois, nous avons relevé des marques récentes de pneus ; peu profondes, elles s'effaçaient au bout de quelques mètres.

— Tu vas aller t'enfermer à double tour dans la maison et te reposer un peu, m'a ordonné mon père d'un ton sans réplique. Je retourne immédiatement à la gendarmerie ! Je vais faire passer au peigne fin les terres de ce M. Blanchet... Sa remise à outils, son potager, son garage, et sa salle de bains s'il le faut !

Malgré mes protestations, il n'a pas accepté que je l'accompagne. J'ai regagné la maison, épiant chaque ombre, sursautant à chaque craquement du plancher. Après avoir fermé à double tour la porte de ma chambre, je me suis jetée sur mon lit sans même me déshabiller et j'ai aussitôt sombré dans un sommeil agité.

Un hurlement d'effroi m'a réveillée juste avant l'aube. Pourtant, tout était calme autour de moi. Les images floues de mon cauchemar m'obsédaient encore : je chevauchais Fantôme sur un plateau aride, au bord de la mer ; nous nous dirigions vers l'à-pic d'une falaise. À l'approche du vide, l'étalon accélérait...

« J'ai dû crier dans mon sommeil. »

Un faible murmure venait de la cuisine. Rejetant la couette, je me suis levée et j'ai dévalé l'escalier. Mon père, assis à la table servie pour le petit déjeuner, les mains aux tempes, paraissait accablé. Anouck Rilas, debout en face de lui, tournait une cuillère dans un bol de café.

— Alix ! Bonjour, m'a-t-elle lancé d'une voix amicale. As-tu réussi à dormir un peu après toutes ces émotions ?

— J'aurais préféré rester éveillée, ai-je répondu en bâillant. J'ai fait un rêve horrible. Mais vous êtes bien matinale, ai-je remarqué en désignant la pendule. Il est à peine sept heures !

— Je souffre d'insomnies depuis quelques semaines, alors je me balade dans la campagne... J'ai vu de la lumière et j'ai frappé à la porte. J'avais l'impression que quelque chose n'allait pas et, tu vois, mon intuition ne m'avait pas trompée. Ton père avait grand besoin d'un café !

— Je n'ai pas fermé l'œil, a grogné celui-ci.

— Ne vous inquiétez pas trop, Philippe : je suis persuadée que Fantôme est sain et sauf et dans une écurie confortable. On ne vole pas un cheval de cette valeur pour le maltraiter ou l'abandonner n'importe où.

— Facile à dire... Je ne crois pas une minute que l'appât du gain soit le véritable motif de ce vol. Le voleur n'a pas choisi seulement le plus beau cheval de l'écurie, mais celui auquel je tiens le plus. Et ce n'est pas à cause de sa valeur marchande !

— J'ai l'impression que, dans cette affaire, quelque chose de très puissant est en jeu, a murmuré Anouck. Une raison, ou un sentiment, qui nous dépasse. Peut-être serait-il sage de ne pas vous entêter. Si vous abandonniez votre projet, peut-être votre cheval vous serait-il rendu ?

— Il n'en est pas question, a répliqué mon père, très pâle.

— Et les gendarmes ? ai-je demandé.

Anouck m'a tendu un verre de jus d'orange.

— Le cas est trop sérieux pour qu'ils ferment les yeux, cette fois. On peut avoir de l'indulgence pour un braconnier, mais là... Toujours est-il que la fouille n'a rien donné. Et M. Blanchet proteste haut et fort de son innocence, bien entendu. J'avoue que je ne sais plus que penser.

— Gérard Blanchet ? Je le connais, a commenté la jeune femme. Bourru, mais honnête. Ce n'est pas votre homme, croyez-moi.

— Qui, alors ?

— Que voulais-tu dire hier soir ? ai-je questionné. Les chevaux de ton ami... ils avaient été volés, comme Fantôme ?

Mon père a eu un regard horrifié. J'ai insisté :

— Dis-moi ! J'ai l'impression que tu me caches quelque chose... Je ne suis plus une petite fille !

— Il avait placé deux poulains dans un pré assez éloigné de son club, car l'herbe y était bien grasse. Il passait les voir chaque jour. Un matin, il n'a retrouvé que les têtes et les sabots. Ils avaient été découpés pendant la nuit...

9

De : alix.nguyen@rymmail.com
À : luc333@youpi.fr

Et moi qui avais rêvé de vacances tranquilles... je suis servie ! Une ponette déjantée à dompter, un étalon perdu à retrouver... Je ne sais plus où donner de la tête. Il n'est plus question de construire les écuries : Philippe est comme un fou, il court la campagne à pied, à cheval et en voiture à la recherche de Fantôme. La plupart du temps, Anouck, notre voisine, l'accompagne. Elle est super : je ne sais pas ce que je ferais sans elle. Elle arrive à remonter le moral de papa (eh oui, voilà un mot enfin passé dans mon vocabulaire !), le guide dans les petits chemins qu'elle connaît comme personne et nous prépare des plats délicieux. Tu as déjà goûté le pâté aux pommes de terre et les œufs en meurette ? Non ? Eh bien, je peux te dire que c'est une grave lacune dans ton éducation. Moi, pendant ce temps, je m'occupe de Petite Ourse : j'ai repris son débourrage à zéro, je la tourne en longe dans un pré en essayant de l'habituer à obéir à la voix. « Au pas », « Au trot », et le fameux « Gaaa...lop ! » sont au programme. Sans oublier « Stop ! ». Elle est têtue et fougueuse, mais elle apprend vite. Parfois, j'ai l'impression qu'elle m'observe du coin de l'œil en se disant : « Voyons... j'ai déjà réussi deux magnifiques sauts de mouton, cassé une longe, mangé un seau... Quelle bêtise vais-je bien pouvoir inventer ? »

Elle est trop mignonne... Ah, si tu pouvais être là ! À deux, nous réussirions peut-être à neutraliser le type qui nous gâche la vie. Pourquoi ? Je sais que c'est la bonne question à poser. Qui a intérêt à ce que mon père s'en aille ? Les chasseurs ? L'enquête de la gendarmerie a prouvé que « l'homme du train » se trouvait à Lyon quand les vols de matériel ont eu lieu. Papa prétend que ça ne l'innocente en aucune manière : il a pu charger un de ses bons amis de la besogne. Oui, mais le soir où Fantôme a disparu, il était venu seul. Et pour cette nuit-là, il a le meilleur des alibis, puisqu'il était avec nous à la gendarmerie ! Il y a autre chose, mais quoi ? Un trésor caché dans la vieille maison ? Du pétrole dans le jardin ? J'avais échafaudé une hypothèse à peine moins invraisemblable : un promoteur qui voudrait racheter la propriété à bas prix pour la transformer en super village de vacances pour cadres stressés. Mais Philippe m'a vite détrompée : à l'acte de vente était jointe une copie du plan d'occupation des sols, et le terrain est classé en zone boisée protégée, ce qui veut dire qu'on n'a pas le droit de construire dessus. Papa a dû demander une dérogation pour les écuries et le manège, et il ne l'a obtenue que parce que son activité est considérée comme « agricole ». Quel casse-tête !

Raconte-moi un peu ta vie trépidante au pays du flamenco. Et envoie-moi plein de soleil, s'il te plaît.

Je t'embrasse...

De : luc333@youpi.fr
À : alix.nguyen@rymmail.com

Ma vie trépidante ! Tu délires, ma vieille. Je suis cloîtré comme une nonne dans une espèce de collège qui ressemble à un couvent, avec patio bordé d'arcades, fontaines, jardins, le tout plutôt joli mais grillé par le soleil. Lever à sept heures, cours de langues de huit à onze, déjeuner, sieste (une institution à laquelle il ne faut pas toucher), promenade culturelle en groupe et au pas de charge par une chaleur infernale, puis labo de langues jusqu'à dix-huit heures, partie de ping-pong sous les arcades, dîner, et hop, au lit. Ton mystère est le bienvenu, il me permet de me dégourdir les méninges. Mon cerveau tourne en crème renversée (catalane, of course). Et puis, cela me fait une raison de plus de penser à une certaine Alix. (Comment ? En avais-je besoin ? La réponse est non, rassure-toi.)

Cela dit, je ne sais pas si c'est l'effet des tortillas baignant dans l'huile qu'on nous sert en ce charmant séjour qui me rend stupide, mais j'ai beau m'évertuer, réfléchir, tourner la chose dans tous les sens, je ne vois pas le moindre début de solution. J'ai bien pensé à chercher du côté des anciens propriétaires, mais quand on vend une maison, c'est qu'on veut s'en débarrasser, non ? Ton idée de promoteur n'était pas mal : peut-être un complot avec le maire ? Ou un candidat aux prochaines élections ? Ils modifieraient en douce le plan d'occupation des sols pour rendre possible une grosse opération immobilière ? Mais comment vérifier ? Et puis on a vu ça dans toutes les « sagas de l'été »... C'est un peu gros quand même !

En tout cas, sois prudente. Si je comprends bien, pendant que ton père et cette... Anouck courent les bois à la poursuite de leur Fantôme, tu restes seule avec les chevaux. Et si le saboteur revenait ? Il y a pensé, ton père ? Il ferait mieux d'écouter tonton Luc et de protéger sa fille, au lieu de draguer ; s'il t'arrive quelque chose, il trouvera à qui parler. Décidément, on ne peut pas se fier aux adultes. Alors fais attention.

Bisous...

L.

10

Une semaine plus tard, la situation était toujours la même. Le temps semblait suspendu : chaque journée se déroulait sur le modèle exact de la précédente. Anouck faisait son apparition vers huit heures, avec un sac de croissants ou une baguette de pain frais. Elle préparait le café ; mon père revenait des enclos, après la distribution de foin, et prenait son petit déjeuner avec nous. Puis tous deux partaient explorer un lieu-dit plus ou moins éloigné, où les gendarmes – à moins que le renseignement ne vînt d'un cousin d'Anouck, dont le nombre toujours croissant semblait impossible à établir de manière scientifique – avaient signalé un cheval « de type espagnol ». Le matin, papa semblait plein d'espoir : en revenant de ces périples, son moral était en chute libre. Car l'animal suspect était presque toujours un vieux cheval de labour jouissant d'une paisible retraite dans un pré bien vert.

— Je crois que je devrais proposer à la gendarmerie une formation bénévole en hippologie, maugréait Philippe. Pour eux, un « cheval de type espagnol » a de longs poils, point barre ! Nous avons vu de tout : des poneys, des mérens... et même un âne ! Bientôt, ils recenseront les chèvres du département... Et tes cousins ne valent pas mieux, Anouck.

— Tu exagères, protestait-elle. Ils se donnent beaucoup de mal pour toi...

— C'est vrai. Pardon, je suis une brute, mais cet enlèvement me met les nerfs en pelote. Je n'ai plus la tête à rien, les travaux n'ont pas avancé, je néglige Alix alors que j'ai si peu de temps à passer avec elle... Je me demande si je ne vais pas vendre, finalement.

— Ah, non !

J'étais révoltée par cette idée. La Brenne me plaisait. Je m'y sentais bien. J'avais envie d'y revenir.

— Tu ne vas pas céder à la force ? me suis-je enflammée. C'est quoi, ce monde de dingues où il suffit de voler trois clous et d'escamoter un cheval pour que tout plie devant vous ?

— Alix ! s'est insurgé mon père. Cette cuisine n'est pas une tribune électorale ! Les principes, c'est bien joli, mais moi je te parle de réalité. As-tu la moindre idée de ce que j'ai engagé, financièrement, dans ce projet ? Si je ne peux pas le réaliser ici, je préfère jeter l'éponge avant qu'il soit trop tard.

Je me suis tournée vers Anouck.

— Dis-lui, toi, qu'il ne doit pas se décourager ! Il t'écoutera !

Lentement, elle a secoué la tête.

— Crois-moi, ça ne m'enchante pas de l'admettre, mais ton père a raison, Alix.

Une vague de déception m'a submergée.

— Pourtant, j'avais cru... Non, laisse tomber.

Et, pour la première fois de ma vie, je suis sortie d'une pièce en claquant la porte.

Assise sur mon lit, je me suis calmée peu à peu. Que m'arrivait-il ? D'ordinaire, je n'étais pas si prompte à la colère – car c'est ce que je ressentais. De la frustration, aussi.

« C'est ta faute, Luc, ai-je pensé, rageuse. Avec tes insinuations, tu m'as poussée à croire que papa et Anouck allaient tomber amoureux l'un de l'autre, qu'ils s'installeraient ensemble et que du coup tout s'arrangerait comme par magie, parce qu'elle est du coin et que les gens la connaissent. Et voilà qu'elle ne tente même pas de le retenir... Non, je n'ai pas rêvé la façon dont elle le regarde ! Il faudrait être aveugle pour ne pas s'apercevoir qu'il lui plaît... Alors, pourquoi ? »

Un léger grattement à ma porte a interrompu ces réflexions décourageantes.

— Alix, c'est moi, Anouck. Je peux entrer ?

— C'est ouvert...

Ma voix manquait d'enthousiasme. Anouck a dû le sentir. Elle est venue s'asseoir près de moi et a passé un bras autour de mes épaules.

— C'est dur pour toi, cette histoire.

— Ce n'est pas pour moi que c'est le plus dur, ai-je répondu sèchement.

— Tu as besoin de te changer les idées, a-t-elle poursuivi. Nous t'avons laissée trop souvent seule dans cette grande baraque ! Ton père attend une livraison de granulés, alors si tu veux bien, nous allons partir en balade à cheval, toi et moi. Où en es-tu de l'éducation de ta ponette ?

— Je la monte dans le petit pré, aux trois allures. Elle est encore un peu dure à la jambe et aime bien enchaîner deux ou trois sauts de mouton quand elle part au galop... rien de bien méchant.

— Aimerais-tu la tester en extérieur ?

— J'adorerais, mais...

— Pas de mais ! Philippe me prête Sirius, il est calme et sa présence rassurera Petite Ourse. Allez, mets-toi en tenue !

Avec un sourire complice à mon intention, elle s'est levée et s'est dirigée vers la porte du fond, que l'armoire dissimulait en partie.

— Où vas-tu ? me suis-je enquise, un peu étonnée.

— Dans la cour, pourquoi ?

Je n'ai pu retenir un éclat de rire.

— Tu te trompes de chemin ! Tu es entrée par l'autre porte ! Celle-là, je ne l'ai jamais ouverte ; d'ailleurs elle est verrouillée. Mais je crois qu'elle donne sur un genre de grand placard, ou de débarras.

— Oh... je suis trop étourdie ! Merci, Alix...

Quand elle a pivoté sur ses talons, j'ai remarqué qu'elle avait rougi. C'était drôle, une adulte qui se troublait comme une petite fille ! Décidément, j'aimais bien Anouck.

« Peut-être que papa a besoin qu'on lui montre la voie, lui aussi. Ce soir, je tenterai deux ou trois allusions discrètes... On verra bien comment il réagit. »

Mon sweat était posé sur une chaise ; je l'ai enfilé, et je m'apprêtais à mettre mes bottes quand j'ai découvert que mon jean s'ornait, au genou, d'une superbe déchirure.

« Zut. Il faut que je me change. Où sont mes pantalons d'équitation ? Je croyais les avoir laissés dans ma valise... Non. J'ai dû les ranger. »

En refermant l'armoire, j'ai remarqué un petit objet brillant le long de la plinthe, sur le plancher.

« Tiens ! Une clé... C'est sans doute celle de la petite porte. »

Je l'ai ramassée et introduite dans la serrure. Elle tournait, mais le battant résistait. Prise de curiosité, j'ai appuyé de tout mon poids et... la porte s'est ouverte sur un espace noir et poussiéreux.

J'ai avancé d'un pas.

À première vue, c'était bien un débarras : des cartons éventrés s'empilaient dans un coin, et un vieux tapis roulé voisinait avec un amoncellement incongru de boîtes de conserve vides.

Mais ce n'était pas tout.

En face de moi, je devinais les premières marches d'un escalier.

11

Mon père ne m'avait pas fait visiter de fond en comble son immense demeure, dont la plupart des pièces restaient encore fermées, abandonnées à la poussière et aux araignées. Ma curiosité a pris le dessus : j'ai descendu les marches avec précaution, car certaines lattes pliaient dangereusement sous mon poids. L'escalier conduisait dans une sorte de garage au sol en terre battue donnant sur la cour par une porte aux gonds arrachés. Anouck s'y trouvait déjà ; bouchon en main, elle démêlait la longue crinière de Sirius.

— Va vite préparer ta ponette, a-t-elle lancé. J'ai hâte de remonter à cheval, cela fait si longtemps !

— Comment savais-tu... ai-je commencé.

Elle me tournait le dos.

— Oh, toutes ces vieilles demeures sont bâties sur le même modèle, a-t-elle répliqué d'un ton léger. Mes grands-parents possédaient une ferme dans... dans la Loire, il y avait aussi plusieurs entrées. Pour jouer à cache-cache avec mes cousins, c'était génial !

J'avais déjà pris le licol de Petite Ourse, un beau licol neuf, acheté à La Brenne. Ce n'est qu'à mi-chemin de l'enclos qu'une nouvelle question a pris forme dans ma tête : Anouck ne m'avait pas laissée finir ma phrase. Comment avait-elle su, *à l'avance*, ce que j'allais lui demander ?

Nous avons parcouru une centaine de mètres en tenant nos chevaux en main. Puis, après avoir resserré les sangles, nous nous sommes mises en selle au bord de l'étang et nous nous sommes enfoncées dans les taillis. Le sentier, envahi par les broussailles, disparaissait sur d'assez longues distances pour réapparaître comme par enchantement. Anouck allait en tête, me guidant sans aucune hésitation.

— Tu connais vraiment chaque recoin de cette forêt ! n'ai-je pu m'empêcher de remarquer.

La jeune femme a haussé les épaules sans répondre. Elle semblait heureuse de chevaucher ainsi librement, mais je la sentais tendue, inquiète. Elle jetait de fréquents coups d'œil à droite et à gauche, comme pour repérer sur l'écorce des arbres d'invisibles signes. Mes paroles lui avaient-elles déplu ? M'étais-je montrée indiscrète ? Au fond, je ne savais pas grand-chose sur elle : en quelques jours, elle était devenue une compagne familière. Pourtant, elle ne parlait jamais de sa vie privée. Jamais de son enfance. Un jour, à déjeuner, Philippe s'était enquis de l'endroit où elle habitait avant son installation à La Brenne ; elle avait fait mine de ne pas entendre et aussitôt changé de sujet.

— Petite Ourse est calme. Si tu veux, nous pouvons accélérer l'allure, ai-je suggéré pour rompre le silence.

La ponette a lancé quelques ruades en partant au galop. Comme je m'attendais à cette manifestation de gaieté, je les ai encaissées sans problème. Le chemin, irrégulier, se déroulait comme un ruban flottant dans le vent et j'avais l'impression d'être sur un bateau au cœur des vagues. Anouck a poussé Sirius pour garder son avance.

— Ce cheval est vraiment agréable, a-t-elle déclaré quand nous sommes repassées au pas, un peu plus loin. Il répond à la moindre sollicitation !

— C'est mon père qui l'a dressé, ai-je répondu non sans fierté.

— Philippe paraît très compétent...

— Il l'est ! Il a travaillé dur pour économiser l'argent nécessaire à son installation ici. C'est pourquoi il ne mérite pas ce qui lui arrive. S'il ne peut pas ouvrir son club comme prévu, je ne sais pas ce qu'il va faire !

— Des tas de gens ne méritent pas ce qui leur arrive, a rétorqué Anouck.

Son visage s'est crispé.

— Certains perdent la tête à la suite d'un

coup dur, a-t-elle ajouté d'une voix presque inaudible, comme si elle se parlait à elle-même. C'est peut-être leur seule excuse...

Le sentier que nous suivions débouchait sur une clairière d'où partaient plusieurs chemins, plus larges et visiblement plus fréquentés. Une épaisse couche d'herbe recouvrait celui qui s'ouvrait à notre gauche.

— Prenons celui-ci ! Petite Ourse a encore envie de galoper, je le sens ! Elle déborde d'énergie !

Je ne mentais pas : la petite jument grise trottinait et encensait, secouant la tête pour se débarrasser de la contrainte du mors.

— Ce chemin ne mène nulle part, a répondu Anouck d'un ton sec. Ce serait un détour inutile.

— Nous avons tout notre temps ! Et les terrains souples sont si rares dans le Sud... J'en ai tellement envie !

— Tu auras d'autres occasions. Je suis fatiguée, j'ai envie de rentrer.

— Mais... nous sommes parties il y a une demi-heure à peine...

Sans un mot, Anouck a fait volter Sirius et est repassée devant moi en détournant le regard. Ses lèvres tremblaient, comme si elle retenait des larmes prêtes à couler. Quelle mouche la piquait ? Peut-être ce chemin lui rappelait-il de mauvais souvenirs. Une chute de cheval ? Une rupture ? Son petit ami l'avait-il entraînée à cet endroit précis pour lui annoncer l'existence d'une autre femme dans sa vie ? Tout en méditant sur les complications sentimentales qui semblaient bouleverser périodiquement la vie des adultes, j'admirais l'enchevêtrement des lianes qui s'accrochaient aux branches d'un immense peuplier. Soudain, Petite Ourse a bronché en heurtant la croupe de Sirius, qui venait de stopper brutalement. Anouck, avec lenteur, m'a fait face. Ses yeux étaient rougis.

— Viens, Alix, nous allons prendre ce chemin, a-t-elle dit d'un ton ferme.

Désemparée, j'ai balbutié :

— Je n'y tiens pas tant que ça... Nous pouvons rentrer, si tu préfères.

— Non. Je dois te montrer quelque chose là-bas.

Elle a talonné Sirius tout en marmonnant :

— Il faut que ça finisse, ce n'est plus supportable.

Je l'ai suivie sans poser de questions, de plus en plus intriguée par son attitude.

— Je ne me rendais pas compte, a-t-elle poursuivi. Je regrette, Alix, crois-moi.

— Regretter quoi ? Je ne comprends pas, ai-je murmuré, alarmée.

— Tu comprendras au bout du chemin.

Forçant l'allure, nous sommes arrivées assez vite devant un portail en bois brut, fermé par une chaîne et un cadenas. Nous avons sauté à terre et attaché nos chevaux. La jeune femme, avec une clef tirée de sa poche, a ouvert la barrière, qu'elle a soigneusement refermée derrière nous. Un vaste pré remontait sur les flancs d'une colline boisée. Trois poneys y pâturaient en compagnie de deux ânes noirs aux longues oreilles. Sous les arbres, je devinais une petite construction en rondins. Anouck a sifflé. Une forme pâle est sortie de la cabane.

— Fantôme !

Je me suis tue : les mots me manquaient.

L'étalon s'est approché, offrant son encolure aux caresses de la jeune femme.

— Tu vois, il est en pleine forme et ne manque de rien, a-t-elle murmuré.

— Je ne comprends toujours pas... ai-je avoué. Tu savais qu'il était là et tu ne nous as rien dit ? Pourquoi ?

Elle a baissé la tête.

— Parce que c'est moi qui l'ai volé.

Abasourdie, je me suis assise à l'entrée du box. Anouck m'a tendu son portable.

— Appelle ton père. Nous l'attendrons ici.

12

— J'ai vécu presque toute ma vie dans la maison que ton père vient d'acheter, m'a raconté Anouck. C'est pourquoi je connais le passage intérieur qui mène de ta chambre à la cour. Cette chambre, c'était la mienne...

Nous étions assises devant la barrière, à l'ombre d'un noyer au feuillage dense et sombre. Plus loin, des mouches tourbillonnaient dans une flaque de soleil. Fantôme s'était éloigné et broutait tranquillement.

— Alors, Rilas n'est pas ton vrai nom ? ai-je interrogé. Mon père m'a dit que l'ancienne propriétaire s'appelait Éliette Menu.

— C'est ma mère. J'ai gardé le nom de mon père quand elle s'est séparée de lui, il y a des années. Maintenant elle vit avec un homme qui ne supporte pas la campagne. Il s'ennuie ! Il l'a persuadée de vendre le domaine pour acheter un appartement à Bourges. Un trois-pièces-cuisine avec garage et vue sur la cour... le bonheur, quoi ! Je n'avais pas les moyens de racheter la maison, ni de l'entretenir. J'ai demandé à ma mère d'attendre, mais elle n'a rien voulu savoir. Alors j'ai dû louer un studio à La Brenne, vendre mes chevaux, mettre au garde-meubles le peu d'objets que j'avais pu sauver. C'était très dur. Par chance, les acheteurs ne se bousculaient pas. Les bâtiments ne sont pas en bon état, tu as pu t'en apercevoir. Je commençais à reprendre espoir quand Philippe est arrivé... Une semaine après la vente, mon père m'a appelée : il avait trouvé de l'argent. Pour moi, pour que je garde la propriété... Lui savait à quel point j'étais attachée à ce lieu.

Sa voix était devenue presque inaudible. Elle a balayé la colline du regard puis s'est à nouveau tournée vers moi. Deux larmes coulaient lentement sur ses joues.

— Alors j'ai craqué. Je ne voulais pas

nuire à Philippe, je n'avais rien contre lui personnellement, tu comprends ? Le matériel et les outils que je lui ai dérobés sont entreposés ici, dans la grange. Ces prés appartiennent à un ami qui a dû se faire hospitaliser pour une assez longue période ; je savais que personne ne viendrait y fureter. J'avais l'intention de tout restituer dès que...

— Dès que mon père aurait vidé les lieux, c'est ça ? n'ai-je pu m'empêcher d'ironiser. Un peu tard, non ?

— Tu as raison. Je ne mesurais plus la portée de mes actes. J'étais obsédée par l'idée de récupérer *mon* bien. J'avais l'impression d'avoir été volée. Bien sûr, vous n'y étiez pour rien.

— Et la chouette ? lui ai-je jeté.

Depuis que la jeune femme avait commencé son récit, je brûlais de poser cette question. Un acte si cruel ne lui ressemblait pas. Ou alors, je m'étais trompée sur son compte.

— Je l'ai trouvée au pied d'un arbre. Elle était déjà morte. Par ici, on redoute encore les « jeteux de sorts ». Je savais que les villageois se feraient un plaisir de renseigner ton père à ce sujet. J'espérais qu'il prendrait peur... mais il s'est obstiné.

— Alors tu as décidé de faire sa connaissance. Pour savoir quelle arme utiliser contre lui, ai-je accusé. Et tu as visé dans le mille en enlevant Fantôme !

Comme répondant à un signal, l'étalon a dressé les oreilles, puis est parti au galop en direction de la barrière. Anouck s'est levée d'un bond et a saisi les rênes de Sirius.

— C'est lui, il arrive... Je n'ai pas le courage de l'affronter. Pas maintenant. Je vais prendre un raccourci et ramener Sirius dans son enclos. Dis-lui... que je suis désolée.

Elle s'est mise en selle avec légèreté.

— Mais pourquoi... pourquoi me révéler tout cela aujourd'hui ? Tu as bien failli réussir. Papa était à deux doigts de céder.

Anouck a retenu le hongre bai.

— C'est parce que vous êtes... ce que vous êtes, justement. Je t'aime beaucoup, Alix. Tu es une fille formidable, droite, franche... Si j'avais continué à te tromper, plus jamais je n'aurais pu me regarder dans une glace.

— Et mon père ? ai-je lancé. Tu l'aimes *bien* aussi ?

Elle a eu un petit sourire triste.

— Oui... on peut dire ça.

— Enfin, le cauchemar est terminé, a soupiré Philippe.

Nous sortions de la gendarmerie. Un vent frais s'était levé, agitant les longues branches des saules qui bordaient la rivière. J'ai remonté la fermeture Éclair de mon blouson.

— Tu n'aurais pas dû maintenir ta plainte, ai-je plaidé. Tu as retrouvé Fantôme et tout ton matériel. Pourquoi ne pas passer l'éponge ?

J'en avais trop dit.

— Cette femme s'est moquée de nous, a-t-il jeté avec colère. À cause d'elle, j'ai perdu du temps et de l'argent. Passe encore qu'elle m'ait harcelé pendant plusieurs semaines ; ce que je ne peux pas lui pardonner, c'est de s'être ainsi introduite dans notre intimité, d'avoir gagné ta confiance, de m'avoir fait croire que...

Il s'est tu. Son visage se voulait impénétrable, mais je commençais à mieux le connaître, et j'ai compris.

« Quel gâchis », ai-je pensé.

— Anouck est amoureuse de toi, ai-je lancé tout à trac.

— Tu dis n'importe quoi, a-t-il marmonné.

— Non. Les femmes sentent ces choses-là.

Une ombre de sourire a glissé sur les lèvres de mon père.

— Les femmes ? De qui veux-tu parler, gamine ?

Il a repris son sérieux.

— Mlle Rilas, a-t-il continué avec raideur, a pris ses responsabilités. Il est juste qu'elle assume les conséquences de ses actes. Point. Et je ne veux plus en entendre parler. C'est bien d'accord ?

— D'accord, ai-je docilement fait écho.

Orion nous a accueillis avec des transports de joie. Sa blessure était presque guérie, mais il n'aimait pas rester seul.

— Calme-toi, le chien, lui a dit Philippe en le flattant de la main. Nous sommes rentrés à la maison ! Dès demain, je vais me remettre au travail : tu pourras rester collé à mes talons et tout contrôler !

« À la maison ». Oui, nous étions chez nous. Dans notre droit. Alors pourquoi ne pouvais-je m'empêcher de penser à Anouck, et de la plaindre ? Je regardais d'un œil neuf les vastes pièces du rez-de-chaussée, l'escalier dont les dernières marches se perdaient dans l'obscurité de l'étage. Là, une petite fille avait joué, se cachant pour échapper à ses cousins. Les murs avaient résonné de rires et d'appels joyeux. Elle s'était peut-être blottie dans cette niche avec un livre par une chaude journée d'été. Si je tendais l'oreille, j'entendrais le bruit des pages lentement tournées...

— Alix ! Tu rêves ?

Je me suis ébrouée.

— Oui... non. J'avais cru entendre quelque chose, mais ce n'était rien.

M'efforçant à la gaieté, j'ai enchaîné :

— Ce soir, c'est moi le cuistot ! Tu aimes le riz cantonais ?

— J'adore ! Pendant que tu es aux fourneaux, je vais appeler Frank, Yves et Gérald. Il serait temps de la monter, cette écurie !

Au passage, il m'a caressé les cheveux.

— C'est vraiment bien que tu sois là, Alix.

Après le dessert – de l'ananas en boîte, je ne pouvais pas changer d'un seul coup toutes les habitudes gastronomiques de mon « invité » – je suis montée dans ma chambre chercher le carton contenant mon cadeau.

— Qu'est-ce que c'est ? s'est enquis Philippe en le soupesant. L'argenterie de famille ? Trop léger... Un diable rouge va-t-il me sauter à la figure quand j'ouvrirai la boîte ?

— Tu verras ! C'est une surprise. Il faut savoir prendre des risques, dans la vie, l'ai-je taquiné.

— Pour les risques, merci, j'ai déjà donné... Allez, je me lance.

Il écartait déjà le papier brun, soulevait le couvercle.

— Oh !

Je guettais sur ses traits le soupçon de condescendance que les adultes ne savent pas toujours dissimuler quand un enfant leur offre un objet qu'il a lui-même fabriqué. Mais son plaisir ne trichait pas.

— Alix... c'est magnifique !

C'était une ferme équestre miniature, réalisée avec des chutes de bois. Au club, maman était sans arrêt en train de construire ou de réparer un box ou une clôture : les planches ne manquaient pas. Sur le plateau, une marqueterie plus claire matérialisait l'emplacement de la carrière et de la piste de galop ; pour les obstacles, j'avais utilisé des allumettes peintes de couleurs vives. Des cubes aux toitures de copeaux figuraient les écuries. Quant à la maison, c'était un chalet suisse de fantaisie, avec ses balcons découpés et ses minuscules volets verts.

— Évidemment, la ressemblance n'est pas parfaite, ai-je dit, contrite.

— C'est encore mieux !

Philippe, tenant le plateau à deux mains, l'élevait devant ses yeux.

— C'est un rêve... un rêve matérialisé.

Tu ne pouvais pas m'offrir plus beau cadeau !

Avec des soins infinis, il a reposé la maquette sur la table et m'a attirée contre son épaule.

— À moi maintenant de faire aussi bien !

En Selle !

1. Le poulain des garrigues
2. Forcer sa chance
3. Le cavalier de la nuit
4. Tempête sur le club
5. Jessica à la rescousse
6. Tao en danger
7. Balade en Camargue
8. Alerte au feu !
9. Erreur de parcours
10. Le silence de Jasmine
11. Arlequin l'indomptable
12. Tous en scène !
13. Il faut sauver Monte-Cristo !
14. Volte-face
15. Le secret du berger
16. L'ennemi sans visage
17. Sur les traces du loup bleu
18. Mystère au Cadre Noir
19. Des chevaux dans la neige

Découvre la collection :

Heartland

1. Je reste !
2. Après l'orage...
3. Une nouvelle chance ?
4. Le prix du risque
5. L'impossible retour
6. Un jour, tu comprendras
7. Le champion brisé
8. Le cœur noué
9. Le messager de l'espoir
10. Une ombre au tableau
11. La vérité... ou presque
12. D'obstacle en obstacle
13. Coups du sort
14. Tout change !
15. Une autre famille
16. Un retour mouvementé
17. Un espoir dans la nuit
18. Le courage de partir
19. Le choix d'une vie
20. Un si grand bonheur
21. Demain est un autre jour
22. Au-delà de l'horizon
23. Un nouveau venu
24. L'amour n'est pas aveugle
25. Le temps de la passion
26. Le plus beau des héritages
27. Un été sous les projecteurs
28. Patience, Laura
29. Un cœur indomptable
30. Une question de confiance
31. Les caprices du destin

Le guide de Laura *(hors-série)*
Souviens-toi, Laura *(hors-série)*

Cet ouvrage a été composé par
PCA - 44400 REZE

Impression réalisée sur Presse Offset par

CPI
Brodard & Taupin

La Flèche (Sarthe), le 14-04-2008
N° d'impression : 45964

Dépôt légal : novembre 2006

Suite du premier tirage : avril 2008

Imprimé en France

POCKET jeunesse

12, avenue d'Italie

75627 PARIS Cedex 13